AF561506

MYRTEN

LES

PÉCHERESSES

PARIS

GARNIER FRÈRES, LIBRAIRES-ÉDITEURS

6, rue des Saints-Pères, et Palais-Royal, 215

1871

LES PÉCHERESSES

POISSY. — Typ. S. LEJAY et Cie.

MYRTEN

LES

PÉCHERESSES

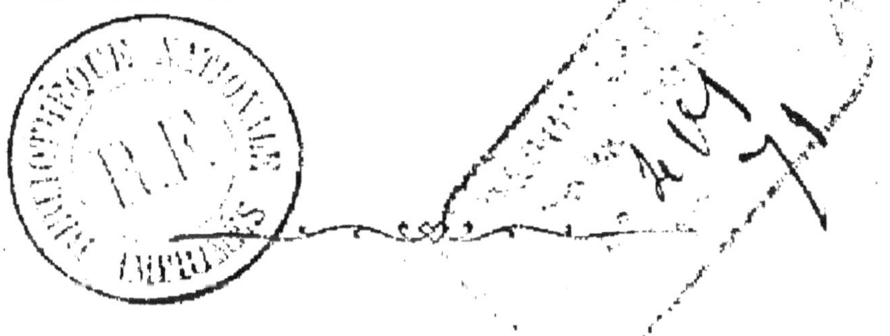

PARIS

GARNIER FRÈRES, LIBRAIRES-ÉDITEURS

6, rue des Saints-Pères, et Palais-Royal, 215

1871

LES PÉCHERESSES

Sous la bure ou sous le velours
Vous plaisez, belles pécheresses;
Célébrez l'hymne des amours
Avec vos voix enchanteresses;

Chantez vos doux enivrements,
Vos bonheurs, vos apothéoses;
Pour le front des jeunes amants
Tressez des couronnes de roses.

De l'éternelle volupté,
O séduisantes filles d'Ève,
Vous êtes la réalité,
Si les vierges en sont le rêve.

17 juin 1871.

LA ROSE CONFIDENTE

Un jour dans un jardin en fleurs,
Je vous surpris, ô jeune fille!
Et crus voir rouler quelques pleurs
Dans votre doux regard qui brille.
Une rose dans votre main
Semblait sourire, à peine éclose;
Et vous, éprouvant du chagrin,
Regardiez tristement la rose.

De quelque profonde douleur
Était-elle la confidente?
Lui révéliez-vous votre cœur
Et le chagrin qui le tourmente?
Aussi des pleurs baignant vos yeux
J'ai voulu pénétrer la cause
Et savoir quels étaient les vœux
Que vous confiiez à la rose.

Vraiment, je crois que c'est l'amour
Qui causait toute votre peine
Et troublait, hélas! en ce jour,
Votre âme jadis si sereine.
Quel motif de votre tourment
Voulez-vous donc que je suppose?
Ce qu'on n'ose dire à l'amant,
On le dit tout bas à la rose.

Depuis ce jour j'ai bien des fois
Surpris votre douleur extrême;
Je sais que l'on pleure parfois
Quand on est tendre et que l'on aime;
Pourtant gardez votre secret,
Que dans votre cœur il repose;
Croyez-moi, je serai discret
Et me tairai comme la rose.

Août 1854.

LA CHANSON DE ROMÉO

Des cors lointains, au fond des bois,
J'aime la bruyante fanfare ;
J'aime les accords du hautbois
Et les doux sons de la guitare ;
J'aime surtout les airs joyeux
Que fait entendre l'alouette ;
Mais ce que j'aime encore mieux,
C'est la chanson de Juliette.

J'aime tous les rayonnements
De la richesse et de la gloire ;
J'aime les feux des diamants
Sur la blancheur d'un front d'ivoire ;
J'aime à voir chaque étoile aux cieux
Scintiller comme une paillette ;
Mais ce que j'aime encore mieux,
C'est le regard de Juliette.

J'aime à contempler le portrait
D'une jeune fille adorable,
Où l'artiste dans chaque trait
A mis un charme inexprimable ;
J'aime les tons délicieux
Qu'il a ravis à sa palette ;
Mais ce que j'aime encore mieux,
C'est la grâce de Juliette.

J'aime tout ce qui sait charmer
Et dire au cœur de douces choses;
Je ne puis m'empêcher d'aimer
Les oiseaux, la brise, les roses,
L'éclat d'un soleil radieux,
Le parfum de la violette ;
Mais ce que j'aime encore mieux,
C'est un baiser de Juliette.

Août 1854.

LES DEUX VIERGES

Elles sont deux : leur ressemblance
Est empreinte dans chaque trait ;
Leur taille a la même élégance ;
Aisément on les confondrait.
Toutes les deux elles sont belles
Et dans la fleur de leur printemps ;
Devant leurs grâces naturelles,
A l'amour on rêve longtemps.

L'une comme l'autre se pare,
Même art et même goût profond ;
Mais un abîme les sépare,
Dont nul n'a pu sonder le fond.
L'innocence et son auréole
De l'une illuminent le front ;
Et l'autre est une vierge folle
Qu'abreuvent la honte et l'affront.

L'une, dans cette vie amère
Où le sort est souvent fatal,
Avait les baisers de sa mère
Pour la préserver de tout mal;
Et l'autre avait, pauvre orpheline,
Dans l'amour seul mis son espoir;
Mais elle a vu la fleur divine
Se flétrir bien avant le soir.

Dans un monde qui l'idolâtre,
L'une est reine par sa beauté;
Le plaisir doux et pur folâtre
En souriant à son côté;
L'autre, au milieu de la débauche,
Vit sans amour et sans bonheur,
Et cependant sous son sein gauche
Elle sent aussi battre un cœur.

L'une voit passer dans ses rêves
Ce qui charme ses jours heureux,
L'oiseau du ciel, la fleur des grèves,
Et tout l'essaim des amoureux;
L'autre voit, quand sa tête ploie
Sous la fatigue et les douleurs,
L'orgie impure qui tournoie
Avec tous ses propos railleurs.

O vous la chaste tourterelle,
Vierge aux regards pleins de douceur,
Plaignez l'autre, priez pour elle :
Elle est, devant Dieu, votre sœur.
Et vous, pâle et triste victime,
Fuyez des serres du vautour ;
L'amour a creusé votre abîme,
Régénérez-vous par l'amour.

27 décembre 1857.

LES BOIS DE MEUDON

L'amour, cette fleur divine,
Que tout cœur doit abriter,
C'est dans les bois, ô Rosine,
Qu'on peut le mieux le goûter.
Viens donc, ô ma bien-aimée,
Avec un doux abandon,
L'éprouver sous la ramée,
Au fond des bois de Meudon.

Oh ! viens, lorsque je t'invite ;
Rosine, écoute ma voix ;
Es-tu prête ? partons vite :
L'amour nous attend au bois.
Oh ! quel charme de connaître
L'amour, ce céleste don !
Dans son cœur on le sent naître,
Au fond des bois de Meudon.

Viens, je veux au pied d'un hêtre
Dans tes yeux mirer mes yeux,
Et savourer le bien-être
Que l'on ressent en ces lieux.
Que la volupté s'émousse
Sur le plus mol édredon ;
Je préfère un lit de mousse
Au fond des bois de Meudon.

Des petites fleurs sans nombre
Fleurissent à vos côtés,
Et l'arbre répand son ombre
Sur vos plaisirs enchantés.
L'oiseau chante sur la branche ;
Avec chaque doux fredon,
L'amour dans le cœur s'épanche
Au fond des bois de Meudon.

Nous pourrons, ô ma maîtresse,
Livrant nos cœurs à l'amour,
Nous plonger dans notre ivresse
Jusqu'à la chute du jour.
Viens abandonner notre âme
Au petit dieu Cupidon
Qui lance des traits de flamme
Au fond des bois de Meudon.

Là, d'une faveur surprise
Peut-on s'irriter vraiment,
Surtout quand l'amour maîtrise
L'amante autant que l'amant.
D'une offense involontaire
On accorde le pardon :
Toute plainte doit se taire
Au fond des bois de Meudon.

Juin 1855.

LES MARINS D'EAU DOUCE

Sur l'océan qui se courrouce,
Que d'intrépides matelots
Affrontent la fureur des flots !
Nous sommes des marins d'eau douce.

Légère comme un papillon,
Notre barque est toute pimpante ;
Elle a tracé plus d'un sillon
Sur notre fleuve qui serpente.
Quelques bouteilles de vin vieux,
De crainte qu'elle ne chavire,
Sont un lest qui sait lui suffire :
Nous ramons et nous voguons mieux.

Sur l'océan qui se courrouce,
Que d'intrépides matelots
Affrontent la fureur des flots !
Nous sommes des marins d'eau douce.

Nous ne prenons pour passagers
Que des créatures charmantes,
Partageant nos plaisirs légers ;
Ce sont nos folâtres amantes.
Leurs seins arrondis par l'amour,
Sous le corset qui les dérobe,
Des deux hémisphères du globe,
Permettent de faire le tour.

Sur l'océan qui se courrouce,
Que d'intrépides matelots
Affrontent la fureur des flots !
Nous sommes des marins d'eau douce.

Que des plongeurs audacieux
Aillent chercher au fond des ondes,
Vaste écrin d'objets précieux,
Le corail et les perles blondes !
Sans quitter notre gouvernail,
Au milieu d'un charmant délire,
Nos compagnes dans leur sourire
Nous offrent perles et corail.

Sur l'océan qui se courrouce,
Que d'intrépides matelots
Affrontent la fureur des flots !
Nous sommes des marins d'eau douce.

Dans les régates nous joûtons,
Et parmi tous on nous remarque;
Aux plus fiers marins nous jetons
Notre défi, de notre barque.
Pour nous que son charme enivra,
La victoire n'est pas avare :
Allons, pour nous sonnez, fanfare !
Hourra pour les vainqueurs ! hourra !

Sur l'océan qui se courrouce,
Que d'intrépides matelots
Affrontent la fureur des flots !
Nous sommes des marins d'eau douce.

27 août 1856.

LE CALENDRIER DE ROSINE

En janvier, dans ta chambrette,
O Rosine, auprès d'un bon feu,
Lis quelque récit d'amourette
Qui te fasse rêver un peu.

En février, époque heureuse
Où l'on fête le carnaval,
Qu'une causerie amoureuse
Te plaise bien plus que le bal.

En mars, pour la saison prochaine,
Formons les projets les plus doux.
Qu'il fera bon au pied du chêne,
Dérobés aux regards jaloux !

En avril, tu verras, Rosine,
Les premiers rayons du printemps,
Et leur influence divine
Fera resplendir nos vingt ans.

En mai, parcourons la campagne
Où les fleurs bordent les sentiers,
Et respirons, ô ma compagne,
Les plus doux parfums printaniers.

En juin, lorsque les chaudes brises
Nous appelleront loin d'ici,
Nous irons cueillir des cerises
Aux côteaux de Montmorency.

En juillet, sous un vert feuillage,
Goûtons le calme désiré,
Lorsque des oiseaux le ramage
Monte vers le ciel azuré.

En août, si, richesse éclatante,
L'épi, pain futur, est scié,
Que l'amour, de notre existence,
Soit toujours au moins la moitié.

En septembre, quand la nature
Nous prodigue de si beaux jours,
Que les oiseaux sous la ramure
Nous chantent encor leurs amours.

En octobre, si la vendange
Promet au cœur un feu nouveau,
Que l'amour du nôtre, ô mon ange,
Approche encore son flambeau.

En novembre, lorsque mon âme
Implore un seul rayon vermeil,
Que de tes yeux la vive flamme
Pour moi remplace le soleil.

En décembre, malgré la glace,
Nous compterons plus d'un beau jour,
Car jamais le froid ne menace
Les cœurs qui contiennent l'amour.

31 décembre 1856.

LES LANGAGES

Il existe plus d'un langage,
Sans compter la prose et les vers,
Que l'on parle au printemps de l'âge
Dans les climats les plus divers.

Non, non, ce n'est pas la parole
Qui traduit seule, à tous moments,
Avec son souffle qui s'envole,
Nos plus intimes sentiments.

Les fleurs, parlant avec prudence
Un langage rempli d'appas,
Peuvent faire une confidence
Que les lèvres ne feraient pas.

Tous les amants savent comprendre
Les soupirs exhalés au jour ;
Ils savent ce qu'un regard tendre
Contient d'espérance et d'amour.

14 décembre 1856.

Blonde et chétive enfant, rosier en floraison,
Idéal poursuivi dans la jeune saison,
Toi qui, pauvre, laissas, dans un jour de démence,
Aux ronces du chemin ta robe d'innocence;
Beauté, douceur, tristesse, en toi tout m'a charmé;
Cependant, n'est-ce pas, tu n'as jamais aimé ?

Qui donc t'éveillera de ton sommeil, ma belle ?
Qui doit sous ton sein gauche allumer l'étincelle ?
Oh ! que ne puis-je, moi, dévoiler à tes yeux,
Du fond de ton enfer, l'azur brillant des cieux,
Faire luire l'espoir à ton âme abattue,
Et te donner la vie, ô ma blanche statue !

Charmante enfant, l'amour est un céleste don :
Là fleurit le bonheur, là sourit le pardon.

Janvier 1860.

LA BOUTEILLE

Une bouteille de vieux vin
Nous rend la fortune facile ;
N'est-ce pas un superbe écrin
D'où les rubis pleuvent par mille ?
Toujours un plus riche trésor
A chaque verre m'émerveille,
Et toute l'Australie encor
Repose au fond de la bouteille.

Avec le vin, foin des docteurs
Et de tous leurs remèdes fades ;
Dites-moi si les vrais buveurs
Ont des mines de gens malades.
Avec le jus seul des raisins
Se fait leur tisane vermeille ;
Elle guérit maux et chagrins
En les noyant dans la bouteille.

Quand j'avise un jeune tendron
Et que d'amour mon cœur s'embrase,
Je suis muet comme un poltron
Ou je m'embrouille dans ma phrase.
Mais si le vin m'anime un peu,
Mon éloquence fait merveille.
Quel langage émouvant, morbleu !
Jaillit des flancs de la bouteille !

Le vieillard, courbé sous le poids
Des ans et des douleurs humaines,
Si de vin pur il boit deux doigts,
Sent un feu nouveau dans ses veines.
Il voit refleurir son printemps,
Et sa jeune ardeur se réveille ;
Jouvence, qui lui rend vingt ans,
Prend sa source dans la bouteille.

Au sot l'esprit vient en buvant,
Au fond de son verre il le trouve.
— Quoi ! dit-il, serais-je un savant ?
La terre tourne, je l'éprouve. —
Dans la bouteille aux flancs brunis
Combien de science sommeille !
Plusieurs instituts réunis
Sont enfermés dans la bouteille.

Il est un oiseau merveilleux
Par lequel la gaîté redouble;
Il voltige devant les yeux
De tout franc buveur qui voit trouble.
Où cet oiseau peut-il gîter?
Il niche toujours dans la treille,
Et c'est lui qu'on entend chanter
Dans les glouglous de la bouteille.

Dans mes poétiques accès,
Quand je rime malgré Minerve,
Pour m'escrimer avec succès,
Le vin seul excite ma verve.
Si des fleurs du sacré vallon
Ma muse remplit sa corbeille,
Si je suis plus grand qu'Apollon,
C'est quand j'ai vidé la bouteille.

Buvons tous aux charmes secrets
De l'amitié qui nous réclame,
Nous qui, sous ses rayons sacrés,
Sentons s'épanouir notre âme.
Souvent elle nous consola,
Et sur nous toujours elle veille;
Ne laissons pas pour ce toast-là
Une goutte dans la bouteille.

Mai 1858.

SUR LE TROTTOIR

Regardez cette jeune fille
Qui marche là, sur le trottoir.
— Son teint est frais, son regard brille —
N'est-ce pas ? elle est belle à voir

Avec son corsage d'abeille,
Et ses airs libres d'embarras,
Son bonnet posé sur l'oreille,
Et son petit panier au bras.

Qu'elle est vive ! qu'elle est ingambe !
Elle va, l'esprit pétulant,
Relevant sa robe à mi-jambe,
Pour faire admirer son bas blanc.

On s'aperçoit qu'elle a coutume
De lancer des regards brûlants,
Et de battre ainsi le bitume
A la recherche des galants.

Avec sa fraîcheur, sa jeunesse
Appartient au premier venu ;
Semblant d'amour, soupir, caresse,
Tout se vend au prix convenu.

Quoi ! tant de charmes dans l'ornière,
Tant de grâce dans le bourbier!
Que ne la vois-je, épouse fière,
Au bras d'un honnête ouvrier !

4 juin 1860.

A quoi bon ces pâles poètes,
Amants de phthisiques appas,
Qui vers le ciel lèvent leurs têtes
Et trébuchent à chaque pas?

Ces chantres-nés de la chlorose
Distillent le suc des pavots
Dans leurs rimes à l'eau de rose,
Aussi creuses que leurs cerveaux;

Et puis quand une muse avare
A mis leur esprit aux abois,
Ils vont, emportant leur guitare,
Chanter leurs amours sur les toits.

Plutôt que de perdre leur souffle
A célébrer, en divaguant,
Un petit pied dans sa pantoufle,
Une blanche main dans son gant,

Qu'ils tâchent d'acquérir la force
Qui manque à leurs tièdes transports :
Pour les belles c'est une amorce
Après la clé des coffres-forts.

Pour qu'à leur exemple je braille,
Je ne me sens pas assez fou ;
J'aime mieux contre la muraille
Voir sommeiller ma lyre au clou.

Pour de jeunes pensionnaires
Je ne veux pas forger des vers,
Ni pour des amours poitrinaires
Me mettre la tête à l'envers.

Si jamais je chante une belle,
Je veux la dire, avec fierté,
Aussi puissante que Cybèle,
Forte comme la Liberté.

4 juillet 1860.

PLUIE ET SOLEIL

Pendant l'été pluvieux
Chacun se disait : « Sans doute
Que dans la plaine des cieux
La terre a changé de route.

De son parcours ennuyé,
Notre globe, moins timide,
S'est peut-être fourvoyé
Dans une atmosphère humide.

Voyant peu de gens rester
Où le ciel marqua leur place,
Aura-t-il voulu tenter
Un voyage dans l'espace ?

Poursuit-il de son amour
Quelque folâtre comète
Dont il fit rencontre un jour,
Et cherche-t-il sa conquête ?

Veut-il, las du genre humain,
Auquel il sert de refuge,
Que Dieu, maître souverain,
Envoie un nouveau déluge? »

Il ne cessait de pleuvoir;
Et sur la saison mauvaise
Du matin jusques au soir
Chacun glosait à son aise.

La pluie a fait trève enfin,
Et le plus riant automne
Par bonheur vint mettre fin
A cet été monotone.

Un beau soleil de nouveau
Rayonne sur notre globe;
On se croit au renouveau
Dont avril brode la robe.

Ce beau temps tardif, si doux,
De la vie est une image:
Souvent le bonheur sur nous
Ne luit qu'à l'hiver de l'âge.

Pour nous s'il est en retard,
Poursuivons notre carrière,
Égarés dans le brouillard
Et recherchant la lumière.

Si le bonheur indécis
A pas lents vers nous arrive,
Nous voyons l'espoir assis
Près de l'éternelle rive.

4 novembre 1860.

ARTISTES ET COURTISANES

La salle rayonnait aux clartés des bougies.
Sur la table au milieu des vases pleins de fleurs,
Des flacons renversés et des coupes rougies,
Flambait un large bol aux bleuâtres couleurs.

Ils étaient venus là, pour la plupart artistes ;
Fatigués de poursuivre en vain leur idéal,
L'épreuve était finie ; et tous, sur leurs fronts tristes,
Du génie immortel portaient le sceau fatal.

Ils s'étaient crus encore au temps de leurs ancêtres,
Voulant trouver l'amour dans ces siècles nouveaux,
Tel qu'il leur souriait dans les œuvres des maîtres
Et qu'ils l'avaient fixé depuis dans leurs travaux.

Leurs cœurs avaient couvé longtemps une étincelle
Dont ils pensaient un jour enflammer d'autres cœurs ;
Ce feu chaste et divin devait de chaque belle
Vaincre l'indifférence ou fondre les rigueurs.

Mais n'ayant recueilli que feintes et mensonges
Pour prix du sentiment qu'ils avaient abrité,
Et n'ayant rencontré l'amour que dans leurs songes,
Ils étaient venus là chercher la volupté.

Couchés sur le velours des molles ottomanes,
Ils goûtaient les douceurs d'un indolent repos,
Tandis qu'à leurs côtés les pâles courtisanes
Troublaient leur rêverie au bruit de leurs propos.

Tout invitait leurs sens au plus tendre mystère,
La volupté régnait seule dans ce séjour ;
Et ces jeunes beautés, vrais charmes de la terre,
Leur offraient le plaisir à défaut de l'amour.

Tout à coup secouant sa douce léthargie,
Le poète éleva son accent inspiré,
Exhala ses regrets et fit l'apologie
De ces temps où l'amour était encor sacré.

LE POÈTE

L'amour dont la puissance enfantait des prodiges,
Hélas ! a disparu du séjour des humains ;
Mais l'artiste est heureux d'en trouver les vestiges
Dans ses âpres chemins.

Il avait des autels où la jeunesse blonde
Accourait consacrer des liens enchanteurs,
Et son culte divin possédait dans le monde
De zélés sectateurs.

Pour le poète alors l'amour était un phare
Qui répandait sur lui les feux de son flambeau,
Dirigeant son essor au caprice bizarre
Dans les sentiers du beau.

Il sentait au contact d'un baiser qui dévore
Descendre sur son front le souffle inspirateur,
Et voyait chaque jour ses plus doux chants éclore
De son propre bonheur.

Quand le Dante écrivait son sublime poème,
L'amour servait aussi son génie immortel;
Sa chère Béatrix le guidait elle-même
Dans les sphères du ciel.

Le poète aujourd'hui, rompant sa rêverie,
S'émeut au souvenir des temps qui ne sont plus,
Et dit aux échos sourds à sa voix attendrie
Ses regrets superflus.

Au milieu de la foule il reste solitaire ;
Les enivrants plaisirs le laissent soucieux,
Depuis que l'amour chaste a déserté la terre
Pour remonter aux cieux.

PREMIÈRE COURTISANE

O poète, suspends cette plainte inutile ;
Fais entrer la raison dans tes esprits rêveurs :
Tu verras que la femme eut toujours un mobile
En livrant ses faveurs.

Elle veut aujourd'hui des toilettes étranges,
Et son luxe effréné coûte des monceaux d'or :
Jadis c'était l'encens qu'exhalent les louanges
Qui faisait son trésor.

Celle qui du poète était alors l'idole,
Avait compris d'avance en formant ce lien,
Que du front couronné l'éclatante auréole
Éclairerait le sien.

Elle chérissait moins son amant que la gloire ;
C'était la vanité qui flattait ses penchants :
Elle voulait voir vivre à jamais sa mémoire
Dans de sublimes chants.

Après avoir souffert les tourments dont s'abreuve,
Irrité par l'attente, un cœur vraiment épris,
De l'encens du poète et de sa longue épreuve
L'amant avait le prix.

Au lieu de perdre, auprès d'une beauté sauvage,
Son souffle en longs soupirs prodigués à genoux,
Le poète aujourd'hui, triste encor mais plus sage,
Le dépense avec nous.

LE STATUAIRE

Oh! que n'ai-je connu cette époque charmante
Où chaque artiste avait les baisers d'une amante
Pour enchanter ses jours;
Où les couples, voués au plus aimable culte,
Laissaient leur existence, éloignés du tumulte,
Suivre un paisible cours!

L'amour ne cédait pas à la froide avarice;
Et la femme à l'artiste offrait en sacrifice
Son attrait virginal.
Dévoilant les splendeurs d'un rêve imaginaire,
Elle faisait aux yeux charmés du statuaire
Vivre son idéal.

De ce modèle auquel son talent se conforme
Le sculpteur retraçait les contours et la forme
Dans toute leur beauté ;
Au fini du chef-d'œuvre, à sa douce harmonie
La grâce des détails se trouvait réunie
Avec leur pureté.

Le sculpteur, dans ces temps où l'art était fertile,
Maniait savamment et d'une main habile
Le ciseau souverain ;
Et, léguant à sa belle un immortel hommage,
Il faisait admirer à jamais son image
Dans le marbre ou l'airain.

DEUXIÈME COURTISANE

O sculpteur, amoureux des contours et des lignes,
Tu peux nous contempler : ne sommes-nous pas dignes
De fixer ton regard ?
Nous ne l'ignorons pas, nous sommes assez belles
Pour tenter le génie et servir de modèles
Aux chefs-d'œuvre de l'art.

Si le ciel t'avait fait le don d'une maîtresse,
Belle comme tes vœux la désirent sans cesse,
Et digne de ton choix ;

Ses attraits ne sauraient t'offrir qu'un type unique,
Tandis que nous pouvons fournir à la plastique
Vingt types à la fois.

Puisque tes soupirs sont impuissants à convaincre
Les femmes aujourd'hui, qui ne se laissent vaincre
Que par l'or, dieu du jour;
Puisqu'il te faut un cœur qui sache te comprendre,
Un cœur pur et candide, où tu puisses répandre
Les flots de ton amour;

Dans le marbre qui sort vierge de la carrière
Taille ton idéal, fais-en le sanctuaire
De ton affection;
Anime ton chef-d'œuvre aux rayons de ta flamme,
Et donne à ta statue une part de ton âme,
Comme Pygmalion.

LE PEINTRE

A la voix du sculpteur, à celle du poète
Je veux joindre ma voix,
Car je regrette aussi, dans mon âme inquiète,
Les amours d'autrefois.

Apprenant les secrets, dans ses diverses phases,
De la carnation,
Le peintre alors puisait dans de douces extases
Son inspiration.

L'illustre Raphaël, de puissante mémoire,
Que son art couronna,
A dû plus d'un chef-d'œuvre, où rayonne sa gloire,
A la Fornarina.

Souvent pour ses tableaux il rencontrait en elle
Un type de beauté;
Et l'amour a conduit le peintre et le modèle
A l'immortalité.

Mais il ne surgit plus dans nos modernes fastes
D'artistes comme lui,
Et l'amour véritable et ses voluptés chastes
De notre globe ont fui.

TROISIÈME COURTISANE

Si la Fornarina dont ici l'on invoque
Le souvenir à tort,
N'avait sacrifié sa tendresse équivoque
A quelque instinct plus fort,

Aux bras de son amant elle eût vaincu l'empire
De sens inapaisés,
Et ne l'eût pas tué dans un commun délire
Sous ses ardents baisers.

Elle n'aurait pas mis, cette belle maîtresse
A l'entraînant regard,
Dans le même tombeau la fleur de la jeunesse
Et la gloire de l'art.

Serait-ce à cette femme, aux mortelles étreintes,
Dont il était épris,
Que Raphaël a dû le secret de ses teintes
Et de son coloris?

Sans elle il eût trouvé les tons et l'harmonie
Dans son âme de feu :
Pour créer des chefs-d'œuvre il avait son génie
Qui lui venait de Dieu.

LE SOLDAT

Quel beau temps que celui de la chevalerie,
Où la gloire et l'amour couronnaient les amants !
Ils vivaient au milieu d'un monde de féerie ;
Chaque jour leur versait de doux enivrements.

L'amour était alors le prix de la vaillance;
Et l'on croyait encore aux nobles dévouements :
Aussi les chevaliers nourrissaient l'espérance
De faire partager leurs secrets sentiments.

Ils recevaient le prix de la main de leurs belles,
Lorsqu'ils étaient vainqueurs dans les galants tournois;
Un seul tendre regard, un seul sourire d'elles
Les payaient amplement de leurs brillants exploits.

De leurs dames souvent ils recevaient un gage
En partant guerroyer dans les pays lointains;
Et ce doux talisman ranimait leur courage,
Lorsque par la fatigue ils se sentaient atteints.

Chaque preux chevalier des couleurs de sa dame
Aimait à se parer dans les gais carrousels;
Et les belles donnaient les pensers de leur âme
Aux vaillants chevaliers, aux galants damoisels.

QUATRIÈME COURTISANE

Nous ne comprenons pas cette inutile plainte
Qui ne peut convenir à l'âme d'un soldat.
Pourquoi donc remonter vers cette époque éteinte,
Quand l'avenir t'invite à remplir un mandat?

Si l'on ne combat plus pour sa dame chérie,
Dans notre beau pays on est toujours guerrier :
Lorsqu'il le faut, on s'arme encor pour la patrie,
Et pour les preux la gloire a toujours un laurier.

Ils ne paradent plus dans les joûtes brillantes,
Ils savent s'exercer avec moins d'apparat;
Sans remporter de prix dans les fêtes galantes,
La victoire a pour eux un radieux éclat.

Aujourd'hui comme alors, les preux, pleins de courage,
Des femmes peuvent bien flatter la vanité,
En mettant à leurs pieds, comme un touchant hommage,
Le superbe laurier qu'ils auront mérité.

Aux peuples opprimés apportant l'espérance,
Champions du progrès et de la liberté,
Avec leurs justes droits et leur indépendance,
Ils leur rendent aussi leur antique fierté.

LE PHILOSOPHE

Tout tombe et disparaît, les oiseaux et les roses :
Ce que nous donne un jour, un autre le reprend.
L'amour même, l'amour, ainsi que toutes choses,
A suivi le courant.

Mais les oiseaux chanteurs au printemps reparaissent
Et fredonnent, joyeux, leurs nouvelles amours;
Les boutons d'or des champs et les roses renaissent
Pour briller quelques jours.

L'amour seul à jamais a disparu du monde :
Il ne sortira pas de la nuit du cercueil ;
Rien ne pourra le rendre à la douleur profonde
De notre cœur en deuil.

L'amour était jadis un savoureux échange
Des intimes pensers, loin du monde réel;
Mais l'amour aujourd'hui n'a plus ses ailes d'ange
Qui l'enlevaient au ciel.

C'est en vain que l'artiste encor parfois se berce,
Pensant le rencontrer, d'un espoir décevant;
Ce qui portait ce nom n'est plus qu'un vil commerce
Qui se fait en plein vent.

CINQUIÈME COURTISANE

Fais-nous grâce, ô penseur, d'une longue tirade
Sur ce siècle pervers où le veau d'or est dieu;
Prends part, sans nous le dire, à la chaste croisade
Qui nous importe peu.

Si l'amour a banni l'insipide scrupule,
Si les amants n'ont plus les mêmes tendres soins,
On ne tend plus de piége à l'espoir trop crédule :
On est sincère au moins.

Pourquoi nous apporter tes vérités chagrines?
La morale pour nous ne dicte plus de loi ;
Nous ne pouvons pas croire à tes saines doctrines,
Et tu sais bien pourquoi.

Rien ne te montre à nous meilleur que tous les autres ;
Quel est ton sûr garant ? qui nous répond de toi ?
Tu le sais, notre siècle à ses nouveaux apôtres
Accorde peu de foi.

Ton docte enseignement nous trouverait ineptes,
Si de morale ici tu nous faisais un cours ;
Crois-nous, à ta conduite adapte les préceptes
Qui sont dans tes discours.

LE POËTE

Arrière le regret qui souvent nous abuse !
Qu'importe le rayon dont je suis inspiré ?
La pâle courtisane est aujourd'hui la muse,
Et la flamme du punch devient le feu sacré.

Ce n'est pas des sommets aux neiges éternelles
Que l'aigle prend toujours son vol audacieux;
Du fond du précipice, en déployant ses ailes,
Il peut également s'élever vers les cieux.

Parcourons, dès ce jour, gaîment notre carrière;
Faisons à l'existence un avenir nouveau :
Marchons, n'importe d'où nous vienne la lumière,
Puisque du chaste amour s'est éteint le flambeau.

Plutôt que de gémir laissons donc l'existence
Avoir, selon ses lois, son flux et son reflux;
Laissons l'amour défunt reposer en silence,
Puisqu'aujourd'hui les morts ne ressuscitent plus.

Ne chantons même pas son hymne funéraire :
Nous pourrions, malgré nous, réveiller nos regrets;
Suivons notre chemin malgré le vent contraire :
Nous ne saurions du ciel pénétrer les secrets.

Allons! plus de soucis pour de vaines chimères :
O mes belles! chantez une folle chanson;
Nous venons avec vous boire aux sources amères,
Voulant dans ce Léthé laisser notre raison.

Le génie est souvent voisin de la démence :
Des fortes voluptés acceptons notre part;
Allons chercher au fond de cet abîme immense
L'étincelle qui fait les chefs-d'œuvre de l'art.

Février 1861.

LA FLEUR DU PARA

Sur la rive du Tocantin,
Doux souvenir qui me tourmente !
Mon cœur s'éprit un beau matin
D'une Brésilienne charmante.

En la voyant, chacun dira :
C'est la fleur du Para.

Vraiment, si j'étais don Pedro,
Je l'aurais faite impératrice.
Près d'elle à Rio-Janeiro
Ma loi serait son seul caprice.

En la voyant, chacun dira :
C'est la fleur du Para.

Comme la tige d'un palmier
Sa taille en marchant se balance.

Lui donnant mon amour entier,
Jour et nuit je l'aime en silence.

En la voyant, chacun dira :
C'est la fleur du Para.

L'impératrice du Brésil
Malgré sa parure est moins belle.
Ah ! quel est le philtre subtil
Qui pourra me faire aimer d'elle ?

En la voyant, chacun dira :
C'est la fleur du Para.

9 janvier 1856.

LES MARCHANDES DE PLAISIR

Dans la détresse, Élise belle et sage,
Pour rester pure, a longtemps combattu ;
Mais sa faiblesse a trahi son courage,
Et la misère a dompté sa vertu.
Son innocence à jamais fuit loin d'elle
Comme un parfum qu'on ne peut ressaisir.
L'affreux vautour étreint la tourterelle :
La pauvre Élise a vendu le plaisir.

Adèle voit dans l'amour qui l'anime
Un avenir aux riantes couleurs.
Son cœur crédule ignore qu'un abîme
Est quelquefois déguisé sous des fleurs.
Mais son amant lui devient infidèle :
Adieu festins, spectacles, doux loisir.
Son abandon fait le malheur d'Adèle :
Elle est réduite à vendre le plaisir.

Dans un grenier où la misère abonde,
Sur un grabat, triste lit de douleurs,

Charlotte voit sa mère moribonde,
Et ses beaux yeux sont tout baignés de pleurs.
Pour soulager cette souffrance amère,
Avoir de l'or est son plus cher désir.
Elle se dit : C'est pour sauver ma mère !
Et se résigne à vendre le plaisir.

Un séducteur avait trompé Sylvie
En la berçant des rêves du bonheur.
Je puis, dit-elle, au moins quitter la vie
Et dans mon sang laver mon déshonneur.
Mais Dieu doit seul trancher notre existence :
Ce penser vient tout à coup la saisir ;
Son désespoir dicte une autre sentence
Et la condamne à vendre le plaisir.

Filles d'amour, ô sœurs de Madeleine,
Pour vous le ciel a voilé son azur,
Le vice blême a de sa froide haleine
Touché vos fronts, mais votre cœur est pur.
Parmi les lots que le sort nous destine,
A votre gré, vous n'avez pu choisir ;
Espérez donc que la bonté divine
Vous absoudra de vendre le plaisir.

Novembre 1856.

RENCONTRE

C'était un soir à l'heure où le ciel devient sombre.
Assise sur un banc du boulevard dans l'ombre,
Elle semblait rêver, et son tendre regard
S'égarait sur les flots de la foule, au hasard.
Je pris place à côté de cette jeune fille.
Dans ses yeux dont l'éclair avec tristesse brille,
Sur ses traits altérés, mais beaux et réguliers,
Je vis que les chagrins, ses hôtes familiers,
Avaient laissé leur trace : une douleur profonde
Devait remplir son cœur que l'amertume inonde.
Je la pris en pitié : de son affreux souci
Je demandai la cause; elle me dit ceci :
— Tout enfant, je perdis mes parents; la misère
Fut mon legs : avec moi j'ai ma vieille grand'mère;
Elle est presque impotente et souffre de la faim.
Partout le travail manque et je n'ai pas de pain.
Il m'en faut... à quel prix? non pour moi, mais pour elle.
Je suis prête à mourir; c'est la honte éternelle

Qui se présente à moi comme le seul moyen :
La honte, c'est affreux, mais la mort, ce n'est rien.
Pauvre grand'mère, hélas ! lorsque j'étais petite,
Elle avait soin de moi, sa reine Marguerite,
Comme elle m'appelait : Marguerite est mon nom.
Elle m'idolâtrait, et n'a jamais dit non,
Quand je lui demandais n'importe quelle chose.
Elle aurait craint de voir passer sur mon front rose
L'aile du chagrin sombre. Aussi je me plaisais
Seulement auprès d'elle et je ne m'amusais
Que lorsque je voyais son indulgent sourire
Applaudir à mes jeux. Si je sais lire, écrire,
Calculer, tricoter, coudre, je le lui dois.
Pauvre vieille ! Depuis j'appris que bien des fois
Elle avait dû laisser vide sa tabatière,
Pour m'acheter à moi, sa folâtre écolière,
Un gâteau de mon choix, une gaufre, un baba,
Quand j'avais épelé couramment B, A : BA,
Car elle n'était pas riche, bien au contraire.
Je suis dans la torture et je ne sais que faire.
Je ne puis la laisser pourtant mourir de faim !
Que je souffre ! Je suis bien malheureuse, enfin.
Et puis il me faudra, pour lui cacher ma honte,
Supposer du travail, imaginer un conte.
Lorsqu'on a mis un pied dans le chemin du mal,
On a vite subi l'entraînement fatal ;

Comme le cours fougueux du torrent qui serpente,
On ne peut s'arrêter sur l'orageuse pente.
Quand je vois ma grand'mère avec ses cheveux blancs,
En s'appuyant au mur, traînant ses pas tremblants,
Pour y chercher du pain regarder dans l'armoire,
Je suis comme une folle, et l'on ne saurait croire
De quoi je deviendrais capable en ce moment.
Dieu qui lit dans mon cœur et qui voit mon tourment
Ne regardera pas ma chute comme un crime :
C'est l'amour filial qui me mène à l'abime.

Elle se tut alors. J'avais senti mes pleurs,
Au palpitant récit de ces sombres douleurs,
Fondre, comme aux rayons du soleil, l'avalanche.
Pâle d'émotion, je mis dans sa main blanche
Ce que j'avais d'argent, me levai brusquement
Et me dérobai vite à son remercîment.

Novembre 1870.

L'HIVER

A ROSINE

L'hiver vient avec son cortége :
Il est rarement en retard
Avec ses blancs flocons de neige
Et son gris manteau de brouillard.

Ce vieillard, effroi des phthisiques,
Dont l'haleine souffle le froid,
Trace des dessins fantastiques
Sur les vitres avec son doigt.

Au dehors, partout c'est la glace,
Le givre aux longs festons pendants,
La lourde rafale qui passe,
Et l'air vif aux baisers mordants.

La bise établit son domaine
Partout, sur la ville et les champs,
Moins redoutable que l'haleine
Des envieux et des méchants.

Combien de gens, foule empressée,
Se plongent, par l'appât de l'or,
Dans cette atmosphère glacée;
Mais leur cœur est plus froid encor.

Ils suivent la route commune
Où les a placés le destin,
Voyant le char de la fortune
Disparaître dans le lointain.

Le dieu du gain leur sert d'escorte
Partout où les guident leurs pas;
Et toute illusion est morte
Dans leur cœur où l'amour n'est pas.

Ce sentiment si pur, si tendre
Excite leurs propos malins;
Ils n'ont jamais su le comprendre,
Eux qui sont vers l'or seul enclins.

Tandis que leurs jours éphémères,
Dans le tumulte du dehors,
Sont gaspillés pour des chimères,
Nous possédons les vrais trésors.

Dieu nous donne, ô ma douce amante,
Loin de leurs ennuyeux débats,
L'existence la plus charmante
Qu'on puisse couler ici-bas.

Livrons-nous à nos rêveries;
Heureux dans notre petit coin,
De nos paisibles causeries
Le grillon sera seul témoin.

Ici personne qui nous fronde,
Ici pas d'accent ricaneur :
Pour nous ta chambrette est un monde
Qui suffit à notre bonheur.

D'une humeur égale et folâtre
De l'hiver bravons les rigueurs :
Un feu vif flambe dans notre âtre,
Et l'amour brûle dans nos cœurs.

Restons, dans notre chaîne heureuse,
Toujours l'un à l'autre liés;
Laissons la saison rigoureuse
Passer, oublieux, oubliés;

Jusqu'à ce qu'enfin l'hirondelle
Nous vienne apprendre quelque jour,
Au nid de notre toit fidèle,
Du printemps le joyeux retour.

11 novembre 1860.

CHANSON DE GRÉGOIRE

Boire est mon unique bonheur,
Et c'est Grégoire qu'on me nomme;
Sans trouver un pareil buveur,
On irait de Paris à Rome.
Mes aïeux dans les cabarets
Surent illustrer leur mémoire;
Aussi pour moi je ne pourrais
Mentir à mon nom de Grégoire.

Je sais que de mille façons
Aujourd'hui le vin se frelate,
Mais je m'habitue aux poisons
Comme le fameux Mithridate.
Si le premier verre est malsain,
Le deuxième vient à mon aide;
Et jamais je n'emploie en vain
L'homœopathique remède.

Moi qui dans le vrai jus divin
Me noyais sept fois par semaine,

Dois-je donc, à défaut de vin,
Aller me noyer dans la Seine ?
Ce projet peut être fort beau,
Mais il n'a rien qui m'émerveille ;
Je professe l'horreur de l'eau
Depuis qu'on la met en bouteille.

Si la fortune vient chez moi,
Un jour, prodiguer ses largesses,
Je connais d'avance l'emploi
Que je ferai de mes richesses ;
Plutôt que forêts et châteaux,
Je veux, en véritable ivrogne,
Acheter, aux meilleurs côteaux,
Des vignobles dans la Bourgogne.

Qu'un savant maigre et triste à voir
Sur de vieux livres se morfonde ;
Je préfère à tout son savoir
Ma face pleine et rubiconde.
Je suis content de mon destin,
Et je n'ai qu'une seule envie,
C'est de mourir le verre en main,
Comme j'aurai passé ma vie.

Septembre 1858.

L'INCONNUE

J'aperçus dans la rue hier soir
Une adorable jeune fille
Aux cheveux châtains, à l'œil noir
Où de bonheur un éclair brille;
Je me figure encor la voir :
Ah! mon Dieu! qu'elle était gentille!

Qui me dira ce qu'elle est devenue
Ma charmante inconnue?

Je la suivais, disant : Qu'elle a
La taille svelte et le pied leste!
Lorsqu'à mes regards s'envola
Soudain ma vision céleste.
De cette jeune fille-là
Pourtant le souvenir me reste.

Qui me dira ce qu'elle est devenue
Ma charmante inconnue?

Aussi depuis hier vainement
En mille endroits je l'ai cherchée;
Dans quel réduit, en ce moment,
O jeune fille, es-tu cachée ?
Si tu connaissais mon tourment,
Peut-être en serais-tu touchée.

Qui me dira ce qu'elle est devenue
Ma charmante inconnue?

Dois-je encore la rencontrer ?
Je l'ignore, hélas ! je l'ignore;
Quand je sens mon cœur soupirer,
Je m'aperçois que je l'adore;
Et c'est pourquoi j'ose espérer
Que je puis la revoir encore.

Qui me dira ce qu'elle est devenue
Ma charmante inconnue ?

Novembre 1854.

LE MARRONNIER DU VINGT MARS

Dans le jardin des Tuileries
Me promenant un soir d'été,
Je vis des anges de beauté
Qui bercèrent mes rêveries.
Une jeune fille modeste,
Parmi tous ces rayons épars,
M'apparut, vision céleste,
Près du marronnier du vingt mars.

Sous le même arbre au vert feuillage
Depuis je l'ai revue encor,
Et, chaque fois, comme un trésor,
Mon cœur emportait son image.
Puisant dans ses yeux pleins de flamme
Le plus enivrant des nectars,
L'amour est éclos dans mon âme
Sous le marronnier du vingt mars.

Lorsque de l'amour le plus tendre
Je lui fis les touchants aveux,
Elle répondit à mes vœux,
Car elle avait su me comprendre.
Nous préférions notre tendresse
Au titre pompeux des Césars;
Le confident de notre ivresse
Fut le marronnier du vingt mars.

Au fond du cœur toujours on garde
Le souvenir des lieux charmants,
Témoins de ses premiers serments :
C'est une riante mansarde;
Le bord d'un lac qu'un souffle moire,
Où se mirent les nénufars;
Moi je garderai la mémoire
Du vieux marronnier du vingt mars.

Mars 1855.

LES OMBRES AMOUREUSES

Quand la nuit sur la grève où gémissent les flots
Et sur les champs voilés a versé ses pavots
Et déployé son manteau sombre,
Et que les astres seuls à l'étrange clarté,
Comme des flèches d'or, percent l'obscurité
Et jettent leurs rayons dans l'ombre;

Dans la plaine où le vent pleure dans les pins verts
Ou sur la dune grise, assise au bord des mers
Qui poussent leur plainte profonde,
Des formes qu'on dirait des fantômes vivants
Traînent au rendez-vous leurs cadavres mouvants
Et s'assemblent pour une ronde.

Au bourg voisin l'airain fait entendre sa voix
Et du haut du clocher il lance douze fois
Un son aigu dans le silence.
Ces ombres tout à coup, simulacres humains,

S'agitent à la fois, entrelacent leurs mains,
Et leur danse folle commence.

Dans leurs suaires blancs ces morts enveloppés,
Avant que le trépas, avec ses doigts crispés,
Les eût ravis à leurs familles,
Ces corps qu'on dirait près de tomber en lambeaux
Et pour quelques moments désertant leurs tombeaux,
Étaient de fraîches jeunes filles.

Pour elles l'avenir devait être vermeil :
Contentement, plaisir, brise, parfum, soleil,
Tendres épanchements de l'âme,
Rêves réalisés, espoir jamais déçu,
Tout bonheur de leurs jours au merveilleux tissu
Semblait avoir formé la trame.

Dans leur voix fredonnait un oiseau gazouilleur ;
Leur visage des lis possédait la pâleur
Ou le riche incarnat des roses ;
Sur leurs lèvres flottait un sourire joyeux,
Et l'éclair de la joie éclatait dans leurs yeux :
Hélas! quelles métamorphoses!

Ces trésors de jeunesse ont duré peu de temps;
La tempête est venue, et ces fleurs du printemps
Furent par l'ouragan fauchées.
La gaîté, le bonheur qui soulève le sein,
S'enfuirent tout à coup, comme un rapide essaim
De colombes effarouchées.

De leurs attraits charmants le souvenir vit seul.
Elles ont échangé contre le froid linceul
Leurs fraîches et riches toilettes.
Leurs corps étaient jadis rosés et satinés,
Et ce sont aujourd'hui des spectres décharnés,
Presque pareils à des squelettes.

Leurs yeux, pleins de douceur, avaient un éclat pur,
Et le bonheur toujours dans leur humide azur
Posait sa vivante étincelle.
Aujourd'hui dans leurs yeux creux, au fixe regard,
La lune seulement met un rayon blafard
Qui n'allume plus leur prunelle.

Le bal où la musique avec ses mille voix
Les faisait tressaillir et rêver à la fois
Était leur paradis terrestre.
Dans la plaine le vent qui gémit, ou le flot

Qui pousse sur la plage un éternel sanglot,
Est maintenant leur seul orchestre.

Pour elles tout était loisir, calme, repos.
A leurs côtés volaient louanges, fins propos,
Le soir, dans un intime cercle.
Elles n'entendent plus maintenant que le bruit
Que fait en retombant sur elles, chaque nuit,
De leurs tombeaux le lourd couvercle.

Elles avaient rêvé dans leur cœur virginal
Les douceurs de l'amour, leur unique idéal,
Et le dieu de leur évangile;
Mais voulant pénétrer ses mystères sacrés,
Elles ont vu bientôt, en l'abordant de près,
Que leur idole était d'argile.

C'est pourquoi vers la rive où va le genre humain
Elles n'avaient pas fait la moitié du chemin
Au sein de la foule perverse,
Que pour toucher plus tôt au terme désiré,
Sans trouble et sans effort, elles ont préféré
Prendre le sentier de traverse.

L'une avait espéré, sous le flot écumant,
Trouver avec l'oubli, mais ce fut vainement,
Un terme prompt à sa torture;
Elle conserve encor sur son front assombri
D'algues et de varech quelque débris flétri
Qui se mêle à sa chevelure.

Une autre, pour chercher le repos du tombeau,
A plongé dans son sein la lame d'un couteau
D'une main ferme et meurtrière;
Et ce sein sur lequel avaient neigé les lis
Tache, saignant encor, de rouge les longs plis
De son flottant et blanc suaire.

Absorbant un poison violent et subtil,
Une autre de ses jours voulut rompre le fil
Et fuir ses angoisses perfides;
Quand les vents déchaînés entr'ouvrent à demi
Les plis de son linceul, on voit son corps blêmi
Tout couvert de taches livides.

Une autre, dans sa chambre allumant du charbon,
Attendit le trépas, en disant : A quoi bon
Prolonger ma douleur immense?

Mais son front, contracté dans des efforts navrants,
Penche encor sous le poids des soucis dévorants
Qui ravageaient son existence.

Bien d'autres ont, pour mettre un terme aux maux
Usé de violence et de moyens divers : [soufferts,
Le ciel trompa leur espérance.
Des portes de la vie en franchissant le seuil,
Elles ont retrouvé dans l'ombre du cercueil
Le souvenir et la souffrance.

Quels étaient leurs pensers au moment d'accomplir
L'acte auquel on ne peut songer sans tressaillir
Et qui brusque l'heure suprême,
L'acte de désespoir, ce dénoûment affreux,
Qui vous jette, souvent jeunes et vigoureux,
Entre les bras de la mort blême ?

On peut se figurer les entendre à la fois
S'écrier et former un concert de leurs voix,
Puisqu'elles font les mêmes plaintes,
Et répéter en chœur leurs immenses regrets,
Leur désespoir affreux et leurs tourments secrets,
Vautours aux cruelles étreintes.

« Nous avions à l'amour, dans nos fiévreux transports,
Avec notre beauté livré tous nos trésors,
Apanage de la jeunesse ;
Mais lorsqu'il eut flétri chaque céleste don,
Il versa dans nos cœurs, par son lâche abandon,
Une douloureuse tristesse.

Quand nous avons voulu nous venger par l'oubli
Et laisser à jamais l'amour enseveli
Dans un des replis de notre âme,
Au fond de cet abîme il est resté vivant :
Ainsi, dans le foyer qu'on croit éteint, souvent
Sous la cendre couve la flamme.

Il faudrait à l'amour qui nous brûle le sang,
Nous étreint et nous mine, un autre amour puissant
Pour assouvir sa soif ardente ;
Dans ce monde jamais nous ne le sentirons
Passer à nos côtés et souffler sur nos fronts
Son haleine rafraîchissante.

Puisque le sablier qui compte nos instants
Est lent à se vider, et peut encor longtemps
Marquer notre existence morne,

Renversons brusquement le sablier profond,
Et de notre chemin raccourci, d'un seul bond,
Franchissons la dernière borne.

Parmi tous les amants choisissons le trépas;
Du moins il est fidèle, il ne se lasse pas,
Et n'abandonne pas ses mortes.
Il garde constamment l'ardeur des premiers jours;
Ses longs embrassements sont sincères toujours
Et ses étreintes toujours fortes.

Demandons à lui seul qui nous comprendra bien
Le repos qui nous fuit : cet hôte-là n'a rien
Qui nous trouble ou nous effarouche.
Aux baisers languissants des jeunes gens blasés,
Moins glacés que les leurs, préférons ses baisers
Sur la pourpre de notre bouche.

Dans un calme profond, jamais rien ne rompra
Le lien éternel qui nous réunira
Et d'où couleront nos délices.
A son étroit contact, notre dernier amant
Peut seul verser un baume à l'amour véhément
Qui cause nos affreux supplices.

Notre haine s'étend sur tout le genre humain;
Et c'est pour ce motif qu'à consommer l'hymen
Nous nous montrons tant empressées.
Trépas, tu nous entends et tu nous répondras :
Allons, l'heure est venue, ouvre tes larges bras
Pour recevoir tes fiancées. »

Leur crime a sans délai reçu son châtiment.
Aussi, comme autrefois, d'un horrible tourment
Elles sont toujours la pâture.
La mort, comme la vie, a trompé leur espoir;
Et maintenant encor, dans le royaume noir,
Leur ancien amour les torture.

Supporter sa souffrance est un décret divin
Que le ciel ne permet jamais d'enfreindre en vain,
Auquel ne se soustrait personne.
On ne doit à ses jours nullement attenter :
Dieu donne l'existence et seul il peut l'ôter,
Lorsque sa justice l'ordonne.

La mort même n'a pas dénoué le lien
Qui les unit encore à leur amour ancien,
Ainsi qu'au corps s'attache l'ombre.

Un groupe d'arbres semble à leurs yeux effarés
Les spectres des amants qu'elles ont adorés,
Insultant à leur douleur sombre.

Lorsqu'un rayon furtif brille à l'horizon noir,
Rapide et pénétrant, elles croient toujours voir
L'éclair de leurs fauves prunelles;
Et dans les bruits lointains du vent au fond des bois
Il leur paraît ouïr les clameurs de leurs voix
Ricaner et se rire d'elles.

Ainsi donc, vers minuit, désertant leurs tombeaux,
Aux tremblantes clartés des nocturnes flambeaux
Que le ciel à sa voûte allume,
Jusqu'à l'aube naissante, au sourire joyeux,
Elles veulent en vain endormir par leurs jeux
Leur souvenir plein d'amertume.

Lorsque ces ombres-là que partout l'amour suit,
Pour prendre leurs ébats reviennent chaque nuit
Dans la prairie ou sur la dune,
La brise ou les flots font leur sourd bruissement,
Et les étoiles d'or dansent au firmament
Autour du croissant de la lune.

Mai 1861.

LES ÉCHOS DE SAINT-CÉCILE

Au bal Sainte-Cécile on voit
De bien séduisantes lorettes,
A qui les galants de l'endroit
Débitent des phrases coquettes.
Ces beaux propos pleins de parfum,
Au cœur d'Emma, Rose et Lucile,
Rencontrent un écho chacun,
A la salle Sainte-Cécile.

Rose avec de charmants yeux bleus
Possède une taille parfaite ;
Vous êtes de Rose amoureux
Et voulez faire sa conquête.
L'or, en ce cas, est opportun,
Il rend la conquête facile.
De l'or! c'est le plus souvent un
Des échos de Sainte-Cécile.

Des belles nuits et des beaux jours,
Des gais festins, des danses folles,
Des plaisirs, des plaisirs toujours !
D'Emma ce sont là les paroles.
A la belle on n'en offre aucun
Sans qu'alors sa vertu vacille.
Des plaisirs ! c'est quelquefois un
Des échos de Sainte-Cécile.

Lucile veut un peu d'amour,
Car l'amour suffit pour lui plaire ;
Elle sait payer de retour
Un amant sensible et sincère.
Lorsque Lucile en rencontre un,
Il la trouve à ses vœux docile.
De l'amour ! c'est le moins commun
Des échos de Sainte-Cécile.

Novembre 1852.

MADAME LA COLONELLE

Voyez majestueuse et fière
Cette femme à l'air imposant ;
Sur son chemin la foule entière
S'arrête et l'admire en disant :

Ah ! qu'elle est belle ! ah ! qu'elle est belle !
C'est madame la colonelle !

Souvent sur un coursier rapide
Dont les pieds sèment des éclairs,
Comme une amazone intrépide,
Elle s'élance et fend les airs.

Ah ! qu'elle est belle ! ah ! qu'elle est belle !
C'est madame la colonelle !

Dans les bals, comme dans les fêtes,
Ce n'est pas à ses diamants

Qu'elle doit ses mille conquêtes ;
C'est au feu de ses yeux charmants.

Ah ! qu'elle est belle ! ah ! qu'elle est belle !
C'est madame la colonelle !

Émus par son regard qui brille,
Épris de ses charmes divers,
Tous les poètes de la ville
Pour elle ont composé des vers.

Ah ! qu'elle est belle ! ah ! qu'elle est belle !
C'est madame la colonelle !

Septembre 1854.

LE JEUNE HENRI

Le Jeune Henri s'accoutume
A voir la foule chaque soir
Admirer son brillant costume
Et sa toque de velours noir.
Pourquoi s'arrêter aux parades ?
Que chacun prenne son billet :
Allons, au bureau ! camarades !
Suivez le monde, s'il vous plaît.

Dans l'intérieur de la loge
Le Jeune Henri sait fort bien
Se montrer digne de l'éloge
Que l'on accorde au comédien.
Mime excellent, danseur habile,
Du public c'est le favori ;
Et les fillettes de la ville
Raffolent du Jeune Henri.

Parce qu'il n'est qu'un saltimbanque,
Rejeton d'humbles histrions,
Est-ce que le talent lui manque?
A son spectacle nous rions.
Souvent le public des dimanches
A fait, sous ses trépignements,
Craquer son théâtre de planches
Au milieu d'applaudissements.

Pour aller rire à son spectacle
Il ne faut pas beaucoup d'argent;
Aussi trouve-t-il peu d'obstacle
A réunir son contingent.
Pour entrer, comme on se bouscule !
J'étouffe ! — Arrête ! — Oh ! l'animal !
L'un avance, l'autre recule...
Quel tohu-bohu général !

1er décembre 1857.

CHANSON DU MOIS DE MAI

Les voyageuses hirondelles
Ont ramené le mois de mai,
Plein de rayons et parfumé
    De mille fleurs nouvelles.

C'est le mois fleuri des beaux jours,
Du rossignol et des amours.

Des oiseaux perchés sur les branches
Éclate le gazouillement,
Qui se mêle au roucoulement
    Des tourterelles blanches.

C'est le mois fleuri des beaux jours,
Du rossignol et des amours.

Le poète, loin de la ville,
Va chercher des tableaux touchants,

Et sa muse au milieu des champs
Cueille une fraîche idylle.

C'est le mois fleuri des beaux jours,
Du rossignol et des amours.

Les bosquets aux vertes charmilles
Sont le nid de gais rendez-vous ;
Les rêves éclosent plus doux
Au cœur des jeunes filles.

C'est le mois fleuri des beaux jours,
Du rossignol et des amours.

Lorsque la nuit étend ses voiles,
Les amants s'en vont deux à deux
Former des projets hasardeux
Aux clartés des étoiles.

C'est le mois fleuri des beaux jours,
Du rossignol et des amours.

3 mai 1857.

LE GUET

J'ai rencontré, par aventure,
En rentrant chez moi, cette nuit,
Une céleste créature
Dont un seul regard me séduit.
Peu s'en faut que je m'agenouille
Devant ce bel ange égaré.
Hier le guet faisait sa patrouille
Dans le quartier Saint-Honoré.

Elle était jeune, elle était brune,
La pudeur colorait son teint ;
Et nous n'avions pour toute lune
Qu'un réverbère presque éteint.
Mais sa voix doucement gazouille ;
Elle prend un air effaré.
Hier le guet faisait sa patrouille
Dans le quartier Saint-Honoré.

Pourquoi, ma charmante, à cette heure,
Tremblante et récitant l'*Ave*,
Au lieu d'être en votre demeure,
Battez-vous ainsi le pavé ?
Il faudra que l'on vous verrouille
Dans quelque lieu bien retiré.
Hier le guet faisait sa patrouille
Dans le quartier Saint-Honoré.

Ne seriez-vous pas une nonne,
Fuyant le couvent au hasard,
Amoureuse, Dieu vous pardonne !
De quelque cousin, beau hussard ?
De toute crainte on se dépouille
Pour rejoindre un être adoré.
Hier le guet faisait sa patrouille
Dans le quartier Saint-Honoré.

Pour courir la nuit, damoiselle,
Vous ne craignez donc pas le guet ?
Ah ! croyez-moi, ma toute belle,
Votre cousin est un muguet.
Pour que son sabre ne se rouille,
Je l'attends demain sur le pré.
Hier le guet faisait sa patrouille
Dans le quartier Saint-Honoré.

Vrai-Dieu ! Je saurai bien apprendre
A votre jeune damoiseau
Quelle est la manière de fendre
Assez joliment un naseau.
Avec Satan que je me brouille,
S'il n'est dans deux jours enterré.
Hier le guet faisait sa patrouille
Dans le quartier Saint-Honoré.

La belle trouve mon langage
Assurément peu de son goût ;
Je veux l'entraîner et l'engage
D'éviter le guet avant tout.
Mais soudain une larme mouille
Ses yeux au regard azuré.
Hier le guet faisait sa patrouille
Dans le quartier Saint-Honoré.

Fuyons vite, le guet arrive ;
C'est bien sa marche que j'entends ;
Il vient à nous, criant : Qui vive !
Par où s'enfuir ? Il n'est plus temps.
Tandis qu'alors je me débrouille,
La belle s'échappe, à son gré.
Hier le guet faisait sa patrouille
Dans le quartier Saint-Honoré.

Octobre 1853.

LES FOLLES AMOUREUSES

I

C'était assurément la perle du village.
Un agreste bouquet fleurissait son corsage,
Quand, pendant la belle saison,
Les dimanches, au soir, elle accourait pimpante
Sous l'ormeau prendre part à la danse bruyante
Qui tournoyait sur le gazon.

Le bonheur souriait à sa verte jeunesse.
Mais bientôt de ses jours, pleins d'innocente ivresse,
Le destin se montra jaloux ;
Car celui qu'elle aimait d'une ardeur peu commune,
Un jour sur son chemin rencontra la fortune,
Et d'une autre devint l'époux.

En vain elle essaya d'oublier l'infidèle.
Les soucis dévorants, une angoisse cruelle

L'abreuvèrent de leur poison.
Elle se débattit dans ces rudes étreintes;
Mais elle avait reçu de si vives atteintes
Que l'ombre couvrit sa raison.

Lorsque d'un ciel serein la lumière s'épanche,
On ne l'aperçoit plus maintenant, le dimanche,
Au milieu des danseurs joyeux;
Elle cherche plutôt la solitude morne;
Et les seules beautés dont la nature s'orne
Peuvent encor plaire à ses yeux.

Maintenant, chaque jour, sa vagabonde course
Conduit ses pas au bord de la limpide source,
Témoin de ses premiers aveux,
Et dans les bois profonds sous l'épaisse feuillée
Où son âme, à l'amour récemment éveillée,
Exhala ses plus tendres vœux.

Elle aime à retrouver le chêne séculaire
Qui prêta si souvent son ombre tutélaire
A ses innocentes amours.
A travers ses rameaux la lumière s'émousse;
A sa base l'épaisse et verdoyante mousse
Étend ses tapis de velours.

Quand la fraîcheur descend des branches en arcades
Sur son front, elle écoute, en rêvant, les roulades
Du sémillant chardonneret.
Elle ouvre encor son cœur à la joyeuse gamme
Qui devait célébrer son doux épithalame
Dans les senteurs de la forêt.

Parfois, quand le vallon devient plus taciturne,
Et que la fleur balance au vent du soir son urne
Au bord du sentier embaumé,
Se penchant au-dessus du clair ruisseau, pensive,
Elle croit voir passer dans le flot qui dérive
L'image de son bien-aimé.

II

Jeune et belle, elle était heureuse sur la terre.
Elle aimait ardemment un galant militaire,
Paré des épaulettes d'or;
Surtout superbe avec son casque et son long sabre,
Et pressant du jarret son cheval qui se cabre
Et l'emporte dans son essor.

L'existence pour elle était tranquille et douce,
Limpide comme un lac, sans trouble ni secousse,
Dans son épanouissement.
Mais ce bonheur fut court; et, d'amertume pleine,
Sa coupe l'abreuva, quand son beau capitaine
Partit avec son régiment.

Ainsi que le parfum qui sort de la corolle,
Sa raison s'envola. Maintenant elle est folle;
Mais son souvenir vit entier.

Au culte de son cœur elle est encor fidèle :
Elle aime à contempler tout ce qui lui rappelle
Son magnifique cavalier.

Elle se plaît à voir, souvent triste peut-être,
Le nouveau régiment passer sous sa fenêtre
Avec son aspect imposant.
Les éclairs de ses yeux de son plaisir témoignent ;
Elle écoute le bruit des chevaux qui s'éloignent
Sur le pavé retentissant.

Les officiers avec leurs habits de parade,
Leurs épaulettes d'or, insigne de leur grade,
Attirent surtout ses regards.
Les sabres au soleil jettent mille étincelles,
Et les chevaux ardents, aux sanglantes prunelles,
Marchent au pas, fiers et hagards.

Elle aime à voir surtout, dans le champ de manœuvre,
Le régiment, ainsi qu'une longue couleuvre,
Qui déroulerait ses anneaux,
Décrire de nombreux circuits, quand il galope
Et qu'un nuage épais de poussière enveloppe
Les cavaliers et les chevaux.

Quand auprès d'elle passe, à la main sa cravache,
Un jeune capitaine, à la brune moustache,
Son cœur est vivement troublé.
Elle croit retrouver la démarche guerrière
De son superbe amant dont elle était si fière
Et qui bien loin s'en est allé.

III

Elle avait ce qui fait le charme de la vie,
Et rien ne pouvait plus exciter son envie ;
Tous ses désirs étaient comblés.
Dans son appartement où le luxe étincelle,
On pouvait admirer, élégant pêle-mêle,
Bien des trésors amoncelés.

Les lambris recouverts de superbes tentures,
Les plafonds enrichis de nombreuses moulures
Et d'où pendent des lustres d'or ;
Le parquet qui reluit de même qu'une glace,
Et les longs canapés d'où monte dans l'espace
Le rêve qui prend son essor.

Les tableaux recherchés des artistes qu'on vante,
Par lesquels on croirait la muraille vivante,
Et dont s'éblouit le regard ;

Le piano dont la voix parfois se fait entendre,
Les meubles d'acajou massif, de palissandre,
Étalant des chefs-d'œuvre d'art.

Sur son marbre élégant la large cheminée,
De flambeaux de vermeil et de vases ornée,
Avec sa pendule au son clair;
Au milieu du salon et dans la jardinière
Les fleurs éternisant la saison printanière
Et versant leurs parfums dans l'air.

Les glaces de Venise aux brillantes bordures,
Où les tableaux choisis, les rideaux, les sculptures
Se réfléchissent plusieurs fois.
Quel amas somptueux de toutes les richesses
Dont on eût pu parer vingt salons de duchesses,
Et même le palais des rois !

Celle qui jouissait de ces mille merveilles
Était heureuse au sein de ces beautés vermeilles,
De ce capharnaüm charmant.
C'était le don princier, assez riche pour plaire,
D'un banquier en renom, vingt fois millionnaire,
Qui voulut être son amant.

Tout disait à l'esprit qui contemplait ensemble
Ces trésors réunis : la déesse du temple
Se nomme la Félicité.
Mais savait-il combien est changeante et fragile
Cette divinité dont les pieds sont d'argile,
Qui fuit d'un vol précipité.

Le prodigue banquier dont l'or payait son faste,
Par des calculs trompeurs et la chance néfaste,
Un jour se trouva ruiné.
Plus de salon doré, plus de fêtes superbes ;
L'implacable misère aux haleines acerbes
Remplaça ce luxe effréné.

La force lui manqua pour subir sa détresse.
Sous sa douleur immense et sous une ombre épaisse
Son esprit reste enseveli.
Cependant elle croit encor, dans sa démence,
Posséder son ancienne et précaire opulence
Que n'a pas atteinte l'oubli.

Elle fait chaque jour des projets magnifiques,
Et s'abandonne entière à des rêves magiques
Dont le bercement est si doux.

Pour ses sens abusés le luxe se déploie :
Toilettes de velours, de dentelle et de soie,
Écrins ruisselants de bijoux.

L'art semble avoir pour elle épuisé ses miracles.
Harmonieux concerts, étourdissants spectacles
Doivent chaque soir l'éblouir,
De suaves accords caresser ses oreilles,
Et, versant leurs parfums, les fleurs les plus vermeilles
A ses côtés s'épanouir.

Savourant à loisir son luxe imaginaire,
Dans sa douce folie, elle songe à se faire
L'avenir le plus séduisant.
A son ambition, la pauvre délaissée,
Donnant un libre essor, se croit la fiancée
D'un monarque riche et puissant.

IV

Le paisible bonheur habitait sa mansarde.
La fenêtre par où le ciel doré regarde
S'encadrait de volubilis.
Le mobilier était coquet, bien que modeste,
Et rayonnait devant le sourire céleste
De ses lèvres aux roses plis.

Elle aimait un poète; elle en était aimée.
Elle sentait toujours dans son âme charmée
Ses accents résonner longtemps.
Chaque sensation qu'il avait éveillée
La faisait tressaillir, ainsi que la feuillée
S'agite au souffle du printemps.

Le travail lui versait la gaîté la plus franche.
Tous les deux ils allaient dans les bois, le dimanche,
Folâtrer sous les verts rameaux.

Dans un réduit ombreux ils faisaient une étape,
Regardant le pivert qui de son bec noir frappe
L'écorce blanche des bouleaux.

Ce limpide bonheur fut de courte durée.
Leur astre se voila sous la voûte azurée;
Leurs flots étaient à leur reflux.
L'amant que de son cœur elle avait trouvé digne
Un jour chanta plus bas : ce fut le chant du cygne,
Et sa lyre ne vibra plus.

Lorsque la mort l'eut pris, hélas! ce fut pour elle
Une immense douleur, une atteinte cruelle
Dont le funeste effet fut prompt.
Le dépérissement décolora sa joue,
Et le sort sans pitié, qui des mortels se joue,
Appuya son doigt sur son front.

Sa raison s'égara. Dans les pages intimes
Où son amant nota ses soupirs légitimes,
Joyeux ou tristes tour à tour,
Elle relit souvent, attentive, inquiète,
Les vers si bien sentis où son ardent poète
Épancha ses trésors d'amour.

n désordre, tombant sur ses pâles épaules,
es cheveux sont pareils au feuillage des saules
Qui pleurent au bord des ruisseaux.
la voir, par moments, immobile, effarée,
isément on dirait la statue éplorée
Qui se penche sur les tombeaux.

e soir, quand l'horizon aux profondeurs rougies
orte l'esprit rêveur aux molles élégies
Et l'âme au doux recueillement,
omme de blanches sœurs qu'elle voudrait rejoindre,
llle aime à regarder les étoiles d'or poindre
Dans l'azur clair du firmament.

Juin 1861.

CHANSON SUR MA BLONDE

Si les poètes ont toujours
Célébré les grâces charmantes
Et les vertus de leurs amantes
Sous la bure ou sous le velours,
Moi que l'amour inonde,
Je voudrais dans mes vers
Chanter à l'univers
Les mérites divers
De ma blonde.

Je ne saurais dire combien
Mon cœur contient d'amour pour elle ;
De ma vie elle est l'étincelle,
Mon seul bonheur et mon seul bien.
Mon humeur vagabonde
Cède à son moindre vœu ;
Pour moi, j'en fais l'aveu,
Quel lien qu'un cheveu
De ma blonde !

8

Sa voix aux harmonieux sons
Dans mon cœur, ainsi qu'une lyre,
Éveille un amoureux délire
Au doux rhythme de ses chansons.
Sans craindre qu'on la fronde,
Du rossignol des bois
Les accords, à son choix,
Soupirent dans la voix
De ma blonde.

Combien je lis dans ses yeux bleus
De doux serments, d'aveux suprêmes,
Et combien d'amoureux poèmes
Dans un langage merveilleux !
Flambeaux vivants du monde
Dans l'azur radieux,
Deux étoiles des cieux
Scintillent dans les yeux
De ma blonde.

Pour mon amante aux cheveux d'or
Avec les fleurs qu'elle moissonne
Ma muse tresse une couronne,
Poétique et touchant trésor ;
Que sa corbeille abonde

Et, chaque jour, sa main,
De lis, rose et jasmin
Jonchera le chemin
    De ma blonde.

2 janvier 1859.

LES VIERGES FOLLES

I

es temps-là ne sont plus où la volupté seule,
)e toutes nations intarissable aïeule,
A la femme dictait ses lois,
orsqu'elle dénouait sa féconde ceinture
.t livrait ses flancs nus au vœu de la nature,
Comme la biche au fond des bois.

:es temps-là ne sont plus où les dieux sur la terre
'romenaient à loisir un amour adultère,
Oublieux de leur majesté;
)ù, désertant le ciel pour nos humaines fanges,
upiter revêtait maintes formes étranges
Pour s'assouvir de volupté.

Ces temps-là ne sont plus où Léda frémissante
A vaincre un feu subit demeurait impuissante
Sous l'étreinte du cygne altier,
Lorsque sur l'Eurotas couraient mille étincelles,
Et que l'oiseau divin par un battement d'ailes
Proclamait son triomphe entier.

Ces temps-là ne sont plus où la Grèce hétaïre
Au culte de l'amour, dans un fougueux délire,
Consacrait de larges loisirs,
Lorsque dans la cité des beaux-arts, Aspasie
Versait à Périclès science et poésie
Dans la coupe d'or des plaisirs.

Ces temps-là ne sont plus où Rome souveraine
Enlaçait aux lauriers, sur sa tête de reine,
Les roses et les myrtes verts,
Quand, faisant retentir une lyre applaudie,
Horace conquérait les faveurs de Lydie,
Au prix de ses superbes vers.

Ces temps-là ne sont plus où la douce Juliette
Disait à Roméo, quand chantait l'alouette,
Signal d'adieu toujours trop prompt :

L'aurore n'a pas fait luire aux rideaux sa teinte,
Et ses pleurs assez tôt effaceront l'empreinte
De mes longs baisers sur ton front.

Ces temps-là ne sont plus où la France galante
Voyait Ninon, régnant par sa grâce élégante
Et par ses charmes éclatants,
A ses adorateurs, durant cinquante années,
Jeter de sa beauté les fleurs jamais fanées,
Roses d'un éternel printemps.

Ces temps-là ne sont plus où, lasse de combattre,
La vierge qui sentait son cœur faiblir et battre
Sous le souffle du bien-aimé,
Lui versait les trésors de sa blonde jeunesse,
Ainsi que le pommier, aux brises du soir, laisse
Pleuvoir sa neige, au mois de mai.

II

Ces temps-là ne sont plus : le nôtre les remplace.
Le culte de l'amour sur la terre s'efface ;
Bien peu s'en souviennent encor.
Les fortes voluptés ne font plus bondir l'âme ;
La passion se meurt, et maintenant la femme
Ne vibre plus qu'au son de l'or.

Pour son cœur froid auquel tout rayon divin manque
Le plus beau madrigal est un billet de banque.
De l'art elle se fait un jeu ;
En vain il la convie à ses ivresses pures :
L'or qui donne bijoux, perles, riches parures,
Aujourd'hui voilà son seul dieu.

I

Eh ! pourquoi donc ? pourquoi la femme, jeune et belle,
Dans sa fleur de printemps, alors qu'une étincelle
Brille en ses regards azurés,
Pourquoi laisserait-elle effeuiller sa couronne
De grâce et de beauté, comme l'arbre, en automne,
Laisse cueillir ses fruits dorés?

Lorsqu'à l'homme elle aurait de sa saison vermeille
Livré tous les trésors, ainsi que fait l'abeille
De sa blonde ruche de miel,
Que lui donnerait-il, à son tour, en échange
De ses charmes flétris, de sa pureté d'ange
Pour toujours remontée au ciel ?

Lorsque, tendant un piége à sa pudeur naïve,
Il aurait assouvi la passion lascive
Qui fermente et brûle en ses flancs,

Ainsi qu'un vêtement souillé que l'on rebute,
Il abandonnerait bientôt la femme en butte
Aux sarcasmes les plus sanglants.

C'est que l'esprit de l'homme est changeant et fragile.
Aujourd'hui ce qui plaît à son instinct mobile,
Il le répudiera demain.
Chaque femme, à ses yeux, perd vite son prestige,
Et ressemble à la fleur, arrachée à sa tige,
Qu'il effeuille sur son chemin.

IV

Puisque l'homme a laissé, sous sa mamelle gauche,
A défaut de l'amour, pénétrer la débauche
Qui domine tous ses instincts;
Puisque la passion, tumultueuse et blême,
Sans vigueur aujourd'hui, ne peut plus elle-même
Y rallumer ses feux éteints ;

Puisqu'il faut que la femme, aux lueurs des bougies,
De l'homme chaque nuit anime les orgies
Et stimule ses froids transports ;
Puis lui serve à calmer l'ardeur que dans ses veines,
Avec mille désirs, versent les coupes pleines
Où les rubis perlent aux bords ;

Puisqu'il en est ainsi, puisque l'homme abandonne
Dans un profond oubli la femme qui lui donne
Et sa jeunesse et sa beauté,
N'a-t-elle pas raison de vouloir la richesse,
Si l'or, dans notre siècle où l'amour nous délaisse,
Est la seule divinité ?

V

Le poète parfois dans le passé regarde,
Et des temps où l'amour régnait encore, il garde
Dans son âme le souvenir.
Il l'appelle ardemment pour des ères nouvelles,
Et croit voir son flambeau semer des étincelles
Dans les ombres de l'avenir.

Avril 1862.

TABLE

Poissy. — Imp. S. Lejay et Cie.

POISSY. — TYP. S. LEJAY ET Cie

www.ingramcontent.com/pod-product-compliance
Lightning Source LLC
LaVergne TN
LVHW012016220826
846092LV00001B/365